Madame
Poipoi

Monsieur
Henri

Gino
Marto

Rémi
Lepoivre

Adrien
Dubouchon

Méla
Lan

Tom-Tom
et l'impossible Nana

Scénario : Jacqueline Cohen. Dessins : Bernadette Després.
Couleurs : Catherine Legrand.

A LA BONNE FOURCHETTE

Marie-Lou
Dubouchon

Yvonne
Dubouchon

Nana
Dubouchon

Tom-Tom
Dubouchon

Treizième édition
© Bayard Éditions Jeunesse, 2001
© Bayard Presse (J'aime Lire) 1985
© Bayard Éditions / J'aime Lire, 1990
ISBN : 2.227.73101.X
Dépôt légal : 2ème trimestre 1985
Imprimé en France par Pollina, 85400 Luçon - n° 86625 A

Trois centimètres de cauchemar.

Bonne nuit mon petit frère...

...ma pupuce...

...mon lapinou...

...mon petitou...

Fiche-moi la paix!

Elle m'agace! Elle m'agace!

Ron!... Ron... Ron...

Ça ne se passera pas comme ça!

Un coup de crayon magique... et elle va devenir minuscule!

Pouet! Pouet!

Ça ne marchera pas!

Madame Poipoi!!

Veux-tu que Nana diminue autant que moi?

11

Comment avez-vous fait, vous, pour devenir si grande?

Je me suis mis du "Pousse-vite" et j'ai poussé très vite!

Tu n'as qu'à l'arroser avec ça!

Nana! Viens ici!

C'est un ordre!

Il faut que tu grandisses!

Hi!

Tu ne m'auras pas, la-la-lère!

Et le matin...

Viens ici, tu ne peux pas rester petite comme ça!

Nana!

13

Un cadeau d'oncle Pédoncule.

Alors, le haricot magique se mit à grandir, grandir jusqu'au ciel, et plus haut encore, et Jack commença à grimper le long de la tige, jusqu'au ciel et plus haut encore...

Tais-toi! Eteins! Je veux dormir!

Toute la nuit, Nana fait des rêves ...de grandeur.

Alors, qui a gagné le concours? hein? qui?

21

Allons au cirque.

Pardon M'sieur Henri!

S'cusez!

Marilou, mon bijou! Marilou, mon toutou!

Tu nous emmènes au cirque?

Pas question, je sors avec Alfredo!

BRRRDUMM!

Oh!

Tant pis! Essayons avec Mélanie!

Mélanie, ma jolie! Mélanie, ma chérie! Tu nous emmènes au cirque!

HEP!

Impossible, mes biquets! Je vais voir mon frère à Barbizon!

Demain si vous voulez, mais pas ce soir...

...Je regarde le match de rugby à la télé.

Oh, non ! Tu vas t'endormir, comme d'habitude !

Tu dors déjà à moitié !

Justement, vous allez me rendre un petit service : réveillez-moi à vingt heures pour le début du match !

J'ai une idée, ma petite !...

Rrr on... Pshi...

...Et alors, il va nous emmener.

Génial !

La voilà, notre bonne vieille télé !

L'écran n'est même pas cassé !

Elle est comme neuve !

Mais qu'est-ce que vous faites ?

Euh...

Ben... On va jeter ça, à à la décharge !

Ah, mais vous allez emmener mon vieux poêle !

Je vais le chercher !

Euh... Oui... C'est ça...

75-5

Enfile ça!

J'ai l'air d'une grande vedette de la télévision, hein!

Mmm, Mmm!

Et là, d'une plus grande vedette encore!

Mais non, les chaussures, c'est pas la peine! L'important c'est ta tête!

PING!

Chers téléspectateurs! Bonsoir!

Formidable!

On y va!

Pourvu que ça marche!

75.7

Tom-Tom et l'impossible Nana

Arthur, le dur...

J'ai promis à Madame Bouzinoix que vous garderiez Arthur !

Oh non, quelle catastrophe ! Quelle barbe ! Tout, mais pas ça !

Vous croyez qu'ils seront gentils avec lui ? Mais oui, ne vous faites pas de bile !

C'est qu'ils sont tellement plus grands et plus forts que lui...

Tu me fais un bisou mon Arthurou ?

PING!

Hi! Hi!

Pourvu que tout se passe bien ! Tom-Tom et Nana ! A tout à l'heure !

89.2

Ouf! Il n'a plus de munitions!

Je le savais qu'il était terrible, je me demande jusqu'où il peut aller...

J'ai une idée, on va le faire jouer à la dînette!

J'ai faim! J'ai faim!

Tu vas voir! J'ai une petite surprise pour lui!

Oh! Oh! Ça va être la dînette du diable!

PAM!

PAM!

MOUTARDE FORTE

89-4

42

La guerre des couvertures.

Eh bien, ma chérie, tu t'enrhumes ?

Pshshsh !

La faute à qui ?

A qui ?

A... A... A votre égoïste de bère, qui brend toutes les couvert **tchoum !**... couvertures !!

Oooh ! Mais c'est toi au con-traire ! ce matin, tu avais l'édredon sur toi !

Pshshsh !

Bien sûr ! Je de l'ai rebris, du l'avais gardé doude la duit !

Calomnies ! Je proteste ! Je...

En tout cas, ça ne beut blus durer ! Si ça recobbence, on brend chacun son lit,...

...et on bet les enfants dans le dôtre !

? ?

60-2

Vous allez dormir dans notre chambre?

Mais non, voyons!

Et nous dans la vôtre?

Bourquoi bas!

Pshshsh!!

Enfin, ma chérie, ce n'est pas raisonnable! Je... Je vais faire attention, là, je te promets!

On verra ça la duit brochaine!

A...A...

Ça te plairait, hein, de dormir dans le lit de papa et maman?

Voui! Voui! Voui!

Alors, voilà ce qu'on va faire... Ecoute-bien!

Voui! Voui! Voui!

(60-3)

Ce soir là...

Bon, nous, on va se coucher!

On a sommeil! Bonsoir!

?! Bonsoir...

Qu'est-ce qui leur prend de se coucher si tôt?

Boi, je de vais bas tarder don blus...

Sniff!

Ça va, il n'y a personne!

Chut!

Crac!

J'entends Maman qui monte!

Sous le lit, vite!

Crac!

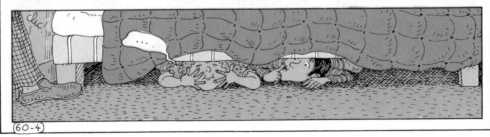

Clic!

...

Ouf! On a eu chaud!

Snif! Moi, j'ai eu froid!

Le lendemain...

Adrien! C'est fidi! Du m'obliges à...à...

A quoi?

...a...a...tchoum!

...tcham!

...à dorbir seule! Je t'avais brévedu!

Mais je n'y suis pour rien... C'est malgré moi!

Justebent! Je ne veux bas addrabber une pneubonie! Cette duit, les enfants dorbiront dans dotre lit!

(60-7)

Et comme prévu, ce soir là...

Ne te découvre pas, ma buce! Je t'ai bassé mon rhube, hein?

Bonne duit, bes chéris!

C'est chouette, t'as vu toute la place qu'on a! Surtout toi, tu t'étales comme un cabembert!

Quoi! Tu ne manques pas de culot! Barfaitement, du brends toute la blace!

Et puis, tu brends tout l'édredon!

Non mais, rends-m'en un peu!

Mauricette

Le lendemain à la sortie de l'école.

Je serais tellement plus content si j'avais un animal !

Moi, c'est le contraire ! Il y a une souris dans ma chambre, et...

... Je voudrais bien m'en débarrasser !

Donne-la moi !

Mais il faut l'attraper ! D'accord ! On va chez toi !

Tu vois, c'est là qu'elle se cache !

Ça y est ! Je l'entends !

Chut ! Tu vas lui faire peur !

Crunch !! Crunch !

73-4

58

Je l'adore, ma souricette! Je vais l'appeler Mauricette!

Crunch!

Bonjour Maman! Tu es enrhumé?

Crunch! Crunch!

...oo?

C'est rien, je tousse juste un peu!

Crunch! Crunch!

Nana! J'ai une surprise!...

Crunch! Crunch!

...Un chat? Un vrai?

Mais non!... Regarde...

Crunch! Crunch!

... Une souris!

Dis donc! Elle a mangé ton cahier!

73.6

Le grand débordement.

Maurice ou Mauricette?

Eh bien, moi, mon vieux, mon chat est arrivé!

Miaou...

Qu'est-ce que c'est que ça?

Mais comment tu l'as eu? Qui te l'a donné? D'où vient-il?

C'est un cadeau du ciel!

Il est arrivé par là tout à l'heure!

Mais tu n'as pas le droit de le garder! Il appartient sûrement à quelqu'un!

Ça m'est égal! Je le garde, et je l'appelle Maurice!

78-3

77

Non! Pitié! Ne l'emmène pas dans la cuisine!

Mon Mau-Mau! Je vais te présenter à ma maman!

Regardez ce que je vous amène!

Un chat! Ça tombe à pic!

Il va nous débarrasser de la souris!

Mais...

Tu as de la chance! Tu vas croquer une bonne petite souris!

Mais...

...Je regrette, il faut rendre ce chat immédiatement à ses maîtres!

Euh... Peut-être... D'où vient-il, au fait?

78-4

78

Tom-Tom et l'impossible Nana

Tom-Tom et l'impossible Nana

Le mercredi de monsieur Henri.

Dehors! Ici, c'est un musée! Ce n'est pas un cirque!

Excusez-le! Il ne recommencera plus!

On vous assure!

Ben... C'était râté!

C'est pas grave!

On peut faire autre chose!

Des glaces! Si on se payait des glaces!

Par ce froid! Ce n'est pas raisonnable! Et on n'a pas d'argent!

Tant pis! Tant pis! Laissez-moi faire!

Non! Qu'est-ce que vous allez encore inventer?

Tom-Tom et Nana

T'es zinzin si t'en rates un !

 N° 1 ☐

 N° 2 ☐

 N° 3 ☐

 N° 4 ☐

 N° 5 ☐

 N° 6 ☐

 N° 7 ☐

 N° 8 ☐

 N° 9 ☐

 N° 10 ☐

 N° 11 ☐

 N° 12 ☐

 N° 13 ☐

 N° 14 ☐

 N° 15 ☐

 N° 16 ☐

 N° 17 ☐

 N° 18 ☐

 N° 19 ☐

 N° 20 ☐

 N° 21 ☐

 N° 22 ☐

 N° 23 ☐

 N° 24 ☐

 N° 25 ☐

 N° 26 ☐

 N° 27 ☐